입맞춤

이 도서의 국립중앙도서관 출판예정도서목록(CIP)은 서지정보유통지원시스템
홈페이지(http://seoji.nl.go.kr)와 국가자료종합목록시스템(http://www.nl.go.
kr/kolisnet)에서 이용하실 수 있습니다.
(CIP제어번호 : CIP2019008764)

J.H CLASSIC 030

입맞춤

이동식 시집

지혜

시인의 말

 저는 모두 12권의 시집을 세상에 내 놓았는데 이 중 사랑시집이 6권, 일반시집이 6권입니다.
 저는 1990년에 베스트셀러 시집을 내면서 시인의 길로 들어섰는데, 독자들의 사랑을 받게 된 것에 언제나 고마운 마음을 갖고서 지금까지 살아왔고 앞으로도 살아갈 것입니다.

 이 시집에 실린 시들은 모두 독자들이 인터넷의 블로그나 카페에 올려놓은 시들 중, 독자들의 사랑을 유독 많이 받은 시들 위주로 제가 실어 놓은 책입니다. 그러니 여기에 실린 시들은 제가 오랜 세월 동안 써 놓은 시들 중 독자들의 검증을 받아 좋은 시로 인정받은 시들만을 올려놓은 것이라, 저에게도 이 시집은 아주 특별한 책이라 할 수 있습니다.
 또한 이 시집은 독자들이 제 시의 대표작을 뽑아서 시집으로 만든 책이나 다름없으니 앞으로도 그만큼 독자들이 더 많이 사랑해줬으면 하는 바램을 가져 봅니다. 이처럼 독자들의 사랑을 많이 받는 시를 낸 저는 지금 이 순간에도 독자들께 더 좋은 시로 보답하기 위하여 최선을 다하여 창작열을 불태우고 있습니다.

 얼마 안 있으면 새로운 신간시집으로 독자들을 만나뵙게 될 것입니다. 그때까지 모든 독자들의 건강과 행복함을 빌며 이만 시인의 말에 가름합니다.

2019년 초봄에
이동식

차례

1부 사람이 사는 마음

2부 살아가는 동안에

3부 사랑소곡

4부 별이 빛나는 것은

- 일러두기
  한 연이 첫 번째 행에서 시작될 때는 > 로 표시합니다.

1부

사람이 사는 마음

내일이면 늦습니다

내일이면 늦습니다.
오늘 건네주십시오.

사랑하는 사람에게
친절한 말 한마디가 생각나거든
사랑하는 사람에게
잇속 드러내어 미소 지어 주고 싶거든
사랑하는 사람에게
마음으로 주고 싶은 선물이 있거든

내일이면 늦습니다.
오늘 말해주십시오.

사랑하는 사람은
언제까지나 곁에 있어 주지 않는 것.
아무리 사랑하는 사이여도
언젠가는 이별을 맞게끔 되어 있는 것.

그러니 오늘의 사랑은 오늘
남김없이 다 건네주십시오.
아낌없이 다 말해주십시오.

친구가 된다는 것은

친구가 된다는 것은
작은 일을 소중하게 생각하는 거예요.

꽃병에 꽃을 꽂는 일은
사소한 일에 불과하나
방의 분위기를 환히 살려 놓을 수 있는
큰 힘을 가지고 있듯

친구가 된다는 것은
이런 작은 일에서 고마움을 느끼고
아껴 주는 마음을 간직하는 거예요.

친구가 된다는 것은
수학처럼 골치가 아프지도 않고
과학처럼 딱딱하지도 않은

가을날 은행잎을 주워 책갈피에 꽂는
아리따운 소녀의 감성 같은 거예요.

언제나 가장 좁은 간격에 서기 위하여

노력하는 것, 그것이
친구가 된다는 거예요.

사람이 사는 마음

사람이 사는 마음을
갖고 싶습니다.

사람이 살지 않는 빈방은
왠지 냉랭하고 썰렁해 보이듯
사람이 살지 않는 마음도
냉랭하고 썰렁하답니다.

화단에 핀 꽃을 보면서 느끼는
그 아름다운 마음으로
누군가 반갑게 대해줄
사람이 있다는 건
삶에 있어서
참으로 즐거운 일입니다.

그것은 읽기 좋은 한 편의 시이고
보기 좋은 한 폭의 그림이며
듣기 좋은 한 곡의 음악입니다.

아, 나도 이제

사람이 사는 마음을 갖고 싶습니다.
그리하여 내 인생을
따뜻하게 꾸미며 살아가고 싶습니다.

입맞춤

아시나요,
내가 그대에게
입맞춤을 하는 것은
그대의 입으로 살겠다는
약속이란 것을.

내가 그대에게
뜨거운 입맞춤을 하는 것은
내가 하고 싶은 말을 접고
그대가 하고 싶은 말을,
내가 그대에게 듣고 싶은 말을,
그대에게 먼저 하며 살아가겠다는

내 입을 가지고
그대 입으로 살겠다는
약속이란 것을.

아시나요,
그대는.

고백

사랑하지 않아도
결혼하는 사람이 있고
사랑해도 헤어지는
사람이 있습니다.

나는 그대와
결혼하고 싶습니다.
그것은 나는
사랑하는 사람과
결혼하고 싶기 때문입니다.

작은 사랑 엽서

사랑이 어디서 왔느냐고 묻는다면
나는 대답하겠어요.
그대에게서 왔다고

그대를 보고서야
나는 사랑을 느꼈으니까요.
내안에 사랑이 있었다는 것을
비로소 알게 되었으니까요.

세상에 있는 사람들 중

친한 것은 존중하라는 것이지
막 대하라는 것이 아님을
항상 잊지 말고 살아가세요.

어떠한 일이 있어도
그대 곁에 남아 줄,
사랑하는 사람에게
잘 하시기 바랍니다.

아시지요.
세상에 있는 사람들 중
나의 잘못으로 떠나가게 해선 안 될 사람이
가장 소중한 사람이라는 것을.

사진

그대와 찍은 사진엔
그대와 나라는 사람이
찍혀 있지 않습니다.

사랑이 찍혀 있습니다.
그대와 나의 사랑이
행복하게 찍혀 있습니다.

그대와 내가 찍은 사진은
그대와 나의 가슴속에서
빛이 바래지 않는 사진으로
영원히 남아 있었으면 좋겠습니다.

진정한 행복

오르지 못할 나무에 걸려 있는
행복을 바라보며
오늘을 불행하게 살아가지 말고,

손닿는 곳에 있는 행복을 가까이 두고
오늘을
늘 행복하게 살아가는 사람이 되세요.

그대, 행복은
그대의 마음속에 있다는 것을
항상 잊지 말고 살아가는 사람이 되도록 하세요.

딸기

그대 향한 내 사랑이
빨갛게 익어버렸습니다.

너무나 달콤하게
익어버렸습니다.

아주아주 견딜 수 없게
익어버렸습니다.

그대 나를 사랑하신다면

그대가 나를 사랑하신다면
나는 더욱 그대를 사랑하리다.

바라보는 그대 눈빛 하나에도
촉촉이 젖어드는 눈물로
그대 인생 어두운 한 귀퉁이를
밝혀주는 촛불로
나, 내 온 가슴을 다하여
그대를 사랑하리다.

하루가 저물고 하루가 밝아오는
허허로운 일상의 반복 속에서
나는 가장 욕심 없는 기도로 나를 채우고
그 채워진 소박한 기도로
그대의 가장 깨끗한 노래가 되어
어디에서라도 그대를 위해 울려주는 사랑을
나 그대에게 주리다.

그대 정녕 나를 사랑하신다면
나는 죽어서도 그대를 사랑하리다.

꽃이 꽃에게

그대에게 나
한 송이 꽃으로 피어날 수 있다면
영원히 지지 않는 꽃으로 피어나고 싶다.

누가
피지 않은 꽃을 아름답다 하며
지는 꽃을 아름답다 하겠는가.

그대에게 나
한 송이 꽃으로 피어날 수 있다면
아직 피지 않은 꽃도 아니고
벌써 지는 꽃도 아닌
영원히 지지 않는 꽃으로 피어나고 싶다.

그리하여 내 사랑
그대 살아있는 동안은
아름답게 피어있는 꽃이게 하고 싶다.

그리하여 내 사랑
그대 살아있는 동안 지지 않는

불멸의 사랑이게 하고 싶다.

내 그리움의 주인에게

그대가
그립습니다.

그대는 잠시
내 마음을 흔들다가
까맣게 잊어버리고는
금세 무슨 일이 있었냐는 듯
태연하게 살아갈 수 있는
그런 그리움이 아닙니다.

그대는 내가
그대를 생각하지 않는 시간에도
내 마음을 떠나지 않는,
내 마음에 문패를 내건
그런 그리움입니다.

그대는 내가
내 남겨진 모든 날을 다해
그리워해도 다할 수 없는,
내 그리움의 주인인

그런 그리움입니다.

그런 그대를 맘껏
그리워하며 살 수 있는
나는 지금 참으로
행복한 사람입니다.

내 마음은

나뭇잎은
단풍으로 물들고
내 마음은
그대에게 물들었습니다.

나뭇잎은
가을 한 철 물들었다 사라지지만
그대에게 물든
내 마음은
사시사철 빛깔이 더 고와집니다.

아, 그대 향해 물든 내 마음
그대가 그리워서
그대가 사랑스러워서
오늘도 빠질 줄을 모릅니다.

만남의 시

우리가 지금 만나 켠 등불이
꺼지는 날
우리는 웃을 수 있어야 합니다.
고마움으로, 후회 없음으로

이제 홀로이지 않은 둘이고
둘은 세상의 모든 것을 헤쳐 나가고도
남을 넉넉한 힘을 지니고 있습니다.

나는 그대를 위하여 살고
그대는 나를 위하여 살 때
우리의 만남 속에서
우리의 삶은
행복으로 충만히 채워질 것입니다.

언제나 우리의 만남은
서로의 소중한 축복으로 시작했듯
서로의 소중한 축복만으로
꽃밭 가득 꽃을 피워야 합니다.

좋은 햇볕에 물든 단풍처럼

좋은 사람 만나
좋은 물이 들고 싶어요.
햇볕이 좋아야
좋은 단풍이 드는 것처럼.

나, 좋은 사람 만나
좋은 물이 들고 싶어요.

아,
그대는 단풍 들기에 좋은
햇볕 같은 사람.

그대라면 나
좋은 햇볕에 물든 단풍처럼
그렇게 좋은 물이
들 수 있을 것 같아요.

그렇게 좋은 물이 들어
그리하여 그대의 아름다운 사랑이 되어
이 세상을 행복하게 웃으며

살아갈 수 있을 것 같아요.

정녕 그대라면 나
그렇게 살아갈 수 있을 것 같아요.

나는 사랑에 빠졌습니다

나는 사랑에 빠졌습니다.
내가 사랑에 빠진 사람이 그대여서
나는 참으로 좋습니다.

그대가 아니었다면
나는 이다지도 깊게
사랑에 빠지지 않았을지도 모릅니다.

내 모든 것을 다 주어도
아깝지 않은 사람,
내 목숨이 다하는 날까지
사랑하고 싶습니다.

나의 소망은
다른 것이 없습니다.
당신이 어느 누구에게서 보다
나한테서 행복한 모습을
간직하고 사는 것을
보는 일입니다.

>

아, 나는 사랑에 빠졌습니다.
내가 사랑에 빠진 사람이 그대여서
나는 참으로 좋습니다.

그대가 참 좋습니다

그대가 참 좋습니다.
그대가 좋다 보니
달라진 것이 많이 있습니다.

그대가 좋아진 날부터
웃음이 넉넉해지고
삶이 여유로워지고
매일 오가던 길이
이렇게 즐거운 길이었는지
예전에 미처 몰랐습니다.

새소리 하나에도 흥겨움이 느껴지고
잘 보이지 않던 풀꽃에서도
싱그러움이 느껴집니다.

그대만 내 곁에 있어 준다면
못해낼 것 없다는 용기가
내 인생에 나침반 되어
밝은 빛을 비춰주고 있습니다.

＞

　그러나 무엇보다도
　그대가 나에게 가르쳐 준 것은
　가슴이 따듯해지는 행복입니다.

마음 정리

마음 정리를 합니다.
그대를 알고 나서
마음 정리를 합니다.

그대가 내게 오기 전에
마음을 채우고 있던 것들을
모두 다 밖으로 내어놓곤
먼저 그대를 채웁니다.

그대의 얼굴, 눈빛, 웃음, 꿈, 소망…….
하나하나 그대를 채웁니다.

아마도
밖에 내어놓았던 것들 중에
많은 것을 버려야만 할 것 같습니다.

평행선

이것은 영원히 못 만난다는 의미가 아니라
반드시 만나야 한다는 의미입니다.

만났으면 헤어지지 말고
오래도록 사랑하며 살라는 의미입니다.

만났다 헤어지면
그땐 다신 만날 수 없는 사이가 되니
어떤 아픈 일,
어떤 괴로운 일이
서로의 사이를 갈라놓는다 하여도

그럴수록 더욱 서로를 이해하고 용서하며
또 따뜻이 감싸주며
오래도록 사랑하며 살라는 의미입니다.

이것은 정녕
영원히 못 만난다는 의미가 아니라
반드시 만나야 한다는 의미입니다.

2부

살아가는 동안에

살아가는 동안에

살아가는 동안에
그대만큼 그리운 사람이
또 있을까요.

살아가는 동안에
그대만큼 사랑하고픈 사람이
또 있을까요.

따로 있을 때도 함께 있을 때도
그대 향한 그리움은 작아지지 않으니
그대 향한 사랑은 조금도 작아지지 않으니

세상에
한 사람에게 한 사람씩만 있다는
함께 있어도 그리운 사람이
함께 있어도 사랑하고픈 사람이
나에겐 그대인가 봅니다.

아, 오늘도
그리운 사람은 그대뿐

사랑하고픈 사람은 그대뿐

그대가 아주 많이 그립습니다.

그대가 아주 많이 사랑스럽습니다.

그대에게 1

거울을 보면
어제보다 조금 더 커 있는
나의 키를 봅니다.

그리움의 양분을 먹고
보고픔의 양분을 먹고
하루하루 커 가는
나의 키를 볼 때면
온통 행복으로
가득 채워지는 나의 삶.

그대가 내 곁에 없다면
얻을 수 없는 행복이어서
더욱 가득 채워지는 나의 행복은
그댈 사랑하는 내 사랑의 키가
하루하루 커 가는 것을
날마다 보는 일입니다.

언젠가 하늘보다 높이 자랄
그대 향한 내 사랑의 키가

하루하루 커 가는 것을
날마다 보는 일입니다.

그대에게 2

세상이 아름다운 건
세상을 바라보는 마음이
아름답기 때문이고
세상을 바라보는 마음이
아름다운 건
마음속에 아름다운 사람이
살고 있기 때문입니다

내 영혼을
행복한 웃음으로
살아가게 해 주는 그대가
내 마음속에 살고 있기 때문입니다

내 마음은
내가 주인이 아니라
그대가 주인입니다

그대에게 3

길이 있습니다.
한번 들어서면
삶이 끝나는 날까지
그 길로만 걸어가야 하는
길이 있습니다,

나는 그 길을
그대와 걸어가고 싶습니다,

내가 그대와
길을 걸어가고자 하는 것은
세상에 있는 사람 중에
그대가 제일 편한 사람임을
나는 알고 있기 때문입니다

그대가 제일 그리운 사람임을
나는 알고 있기 때문입니다

그대와 함께라면
그 길을 걷는 동안
날씨는 늘 맑음일 것입니다

그대에게 4

나에게
아무리 많은 보고픔이 있어도
한 방울 눈물이 흐르는 보고픔은
그대 한 사람을 향한 보고픔뿐입니다.

나에게
아무리 많은 그리움이 있어도
마음을 다 채우고도 남는 그리움은
그대 한 사람을 향한 그리움뿐입니다.

나에게
아무리 많은 사랑이 있어도
죽어도 좋다는 생각이 드는 사랑은
그대 한 사람을 향한 사랑뿐입니다.

오직
그대 한 사람을 향한
보고픔이고, 그리움이고, 사랑일 뿐입니다.

그대에게 5

빛나는 별을 보았을 때도
심장 두드리는 소리는
듣지 못했습니다.

향 고운 꽃을 보았을 때도
심장 두드리는 소리는
듣지 못했습니다.

심장 두드리는 소리는
사랑하는 사람을 만났을 때
들리는 소리.

그대는 아시나요.
그대를 처음 만났을 때부터
심장 두드리는 소리가 들렸다는 것을.

그리고 지금껏
멎지 않고 있다는 것을.

만나다 보니

만나다 보니 정이 듭디다.
만나다 보니 사랑이 됩디다.

처음 만날 땐 아무 뜻 없이
아무 부담 없이 만났는데
만나다 보니 신경이 쓰입디다.

옷에도 신경을 쓰게 되고
몸가짐에도 신경을 쓰게 되고
그가 만나는 사람에게도
신경을 쓰게 됩디다.

차츰 그에게 전화를 하고 싶고
그에게 편지를 보내고 싶고
그의 얼굴을 떠올리게 되면서
그는 점점 빛나는 별이 되어 갑디다.

그가 느끼는 슬픔과 고통은
내게도 슬픔과 고통이 되고
그가 간직하고 있는 꿈과 희망은

내게도 꿈과 희망이 됩디다.

참말로 만나다 보니 정이 듭디다.
참말로 만나다 보니 사랑이 됩디다.

내가 좋아지기 시작했습니다

당신을 사랑하고부터
내가 좋아지기 시작했습니다.

미래는 꿈이 있어 부자이고
현재는 희망이 있어 갑부인 당신이
이슬처럼 영롱한 사랑의 눈빛으로
나를 바라볼 때면
사막에 푸른 초원이 생겨나는 느낌이
내 가슴을 가득 채워 옵니다.

가장 젊은 날에 사랑이 있는 이유는
아무 가진 것 없는 빈손이어도
그 사람의 가치만으로
자신을 맡겨도 좋기 때문,
나는 당신의 가치 하나만으로도
지금 충분히 행복합니다. 당신이 약속한
미래에 이룰 우리의 성이 있어
지금의 부족하고 쪼들림은
얼마든지 웃어넘길 수 있는 여유가 있습니다.

\>

사랑은 인생을 살찌우는 천고마비의 가을,
내 인생은 당신으로 인해
하루하루가 다르게 살이 오르고 있습니다.
정말이지 당신을 사랑하면 할수록
나는 내가 좋아져서 죽겠습니다.
이런 당신을 사랑하게 된 나는
세상의 모든 장미꽃을 선물 받은 사람입니다

편지

있던 길도
오가는 발길 없으면
금방 잡초만 자라
어느 날엔간
길이 아닙니다.

생겨난 사랑도
오가는 마음이 없으면
혼자만 사랑하다
어느 날엔간
사랑이 아닙니다.

사랑은 말하는 것입니다.
사랑한다고 말하는 것입니다.
그래야만 사랑도
꽃 피고 별 뜨는
사랑이 될 수 있습니다.

사랑한다는 말

눈빛으로도 얼마든지
장미 한 송이로도 얼마든지
바닷가에서 수평선을
함께 바라보는 것으로도 얼마든지
손을 살며시 잡는 것으로도 얼마든지
무슨 일이 있을 때
가장 먼저 숨차게 달려오는 것으로도 얼마든지
우리는 말할 수 있습니다.

어쩌면 가장 의미 없고 작은 것은
우리가 입을 벌려 하는 말인지도 모릅니다.

기다리는 게 사랑이지

외롭다고
급하게 사랑을 만들어서는 안 되지.

힘들다고
아무 어깨에나 기대서는 안 되지.

사랑은 언제까지나
기쁨이 되는 사람을 만나는 거지.
사랑은 언제까지나
행복이 되는 사람을 만나는 거지.

그때까지는
그런 사람을 만날 때까지는
아무리 외롭고 힘들어도
기다리는 게 사랑이지.
그래야 참 사랑이지.

그리운 사람 보고 싶은 날엔

그리운 사람 보고 싶은 날엔
그리운 사람을
기다리는 사람이기보다는
먼저 찾아가는 사람이 되자.

먼저 전화를 걸고
먼저 편지를 쓰는 사람이 되자.

찾아온 사람을 만나고
걸려온 전화를 받고
부쳐온 편지를 읽는 일도
가슴 가득 행복한 일이지만
먼저 찾아가 그리운 사람의 이름을
다정하게 불러주는 일도
너무나 행복한 일이다.

햇살이 화사하게 맑은 날이나
눈이나 비가 와 우수에 젖는 날
어디에서 누군가라도 왔으면 좋겠다는
그런 생각을 하는 사람이기보다는

먼저 찾아가는 사람이 되자.

먼저 찾아가 그리운 사람의 이름을
다정하게 불러주는 사람이 되자.

먼저 생각을 해주고
먼저 신경을 써준다는 것은
그리운 사람에게 어떤 의미로 남겠다는 것.

참으로 그리운 사람 보고 싶은 날엔
그리운 사람을 기다리는 사람이기보다는
먼저 찾아가는 사람이 되자.
먼저 찾아가 말없이 양팔을 들어 보이며
환하게 웃어 주는 사람이 되자.

새

하늘을 나는 새가
자유로워 보이는 것은
아무 곳이나 맘대로
날아갈 수 있어서가 아니다.

하늘을 나는 새가
자유로워 보이는 것은
사랑이 있는 곳을 향해
날아가기 때문이다.

이념에 막히지 않고
재물에 변심하지 않고
출세에 돌아서지 않고
사랑이 있는 곳을 향해
순수하게 날아가기 때문이다.

오로지 곧은 일념으로
사랑이 있는 곳을 향해
순수하게 날아가기 때문이다.

기다림

기다림은
약속이 아닙니다.
장소와 시간을 정하여 놓고
올 것을 확신하는 기다림은
기다림이 아닙니다.

기다림은
스스로 피어 흔들리는 들꽃처럼
올 것을 약속하지 않고서도
누군가를 위해 있어 주는 것입니다.

오지 않는다고 하여
슬퍼하거나 화를 내지도 않고
더하여 미움을 갖지 않는
기다림은 둘만의 공간을
스스로의 믿음으로
소리 없이 지켜 가는 것입니다.

오늘이 어제 되고 내일이 오늘 되는
끝없는 시간의 흐름 속에서

기다림은 언제나
나를 위하여 존재하기보다는
기다리는 사람을 위하여 존재하는
스스로의 사랑이어야 합니다.

사랑은 마음으로

한 치 앞을 내다볼 수 없는
짙은 안개 낀 날에도
나는 그대가 있음을 압니다.
단지 지금 보이지 않을 뿐.
그대가 상냥한 미소와 다듬어진 머리
깨끗이 옷을 차려입은 모습으로
나를 향하여 있음을 나는 압니다.

보이지 않는다고 해서
'없다'라고 생각하는 것은
얼마나 어리석은 노릇입니까.
보이지 않는 것을 볼 수 있는 눈,
그것은 가슴 깊은 곳에 감춰져 있는
우리의 마음속에 있는 것입니다.

우리가 떨어져 보이지 않는 시간에
더욱 절실히 서로를 걱정하고 그리워하는 것은
사랑은 마음으로 하는 것이기 때문입니다.

짙은 안개 낀 날일수록 그대 모습은

더욱 선명하게 내게 다가옵니다.
마음으로 보면 가장 소중히 여기는 사람의
모든 것을 볼 수 있습니다.

나도 나뭇잎처럼

나뭇잎이 집니다.
나뭇잎은 계절이 가을이래서
나무를 떠나는 것이 아니라
이제 더 이상 나무에게 줄 것이
하나도 남아 있지 않기 때문에 떠나는 것입니다.

나뭇잎이 초록색으로 떨어지지 않고
낡은 빛, 갈색으로 떨어지는 것은
이제 더 이상 다른 나무를 만나지 않기 위해서입니다.
이제 더 이상 다른 나무를 사랑하지 않기 위해서입니다.

나뭇잎이 하늘로 올라가지 않고
땅으로 떨어져 바람에 뒹굴다 사라지는 것은
이제 더 이상 아무것도 사랑할 줄 모르는
나라로 가기 위해서입니다.
온 생애를 다해 사랑했던 나무만을 추억하며
살아가기 위해서입니다.

내가 지금 그대 곁으로 가는 것은
나도 나뭇잎처럼 그대를 사랑하기 위해서입니다.

그대에게 줄 것이 아무것도 없게 된 날
어느 누구도 사랑할 줄 모르는 나라로
나도 가기 위해서입니다.
그리하여 온 생애를 다해 사랑했던 그대만을 추억하며
언제나 살아가기 위해서입니다.

시작한다는 것은

시작한다는 것은
안 된다는 걸 믿는 것이 아니라
된다는 것을 믿는 것이다.

그것에 대한 확률이
아무리 낮아도 그것이
하고픈 일이고 꿈이라면

그 낮은 확률에도 희망을 갖고
나의 길로 만들어 가는 것이다.

사랑을 위한 기도

사는 일이 허무한 일이라 하여도
한 가지만은 허무한 일이 아니게 하여 주십시오
사랑하는 사람을 사랑하는 일만큼은
허무한 일이 아니게 하여 주십시오

작아지고 작아져서
이제 사라져 버린 꿈과 희망으로 하여
남겨진 인생에 더 바랄 것이 없다 해도
시들어 버리기엔 너무 이른 사랑이
아직 내게 남아 있다는 것을 잊지 않게 하여 주십시오.

그리하여 모든 것이 떠나버려
삶의 의욕마저 잃어버렸다 해도
사랑하는 사람을 사랑하는 일에서 만큼은
의욕을 잃지 않게 하여 주십시오.

그리하여 세상은 사랑만 있으면,
충분히 행복해질 수 있다는 것을 알게 해주십시오.
충분히 행복하게 살아갈 수 있다는 것을 알게 해주십시오.

우리 노을이 될 때에도

우리 노을이 될 때에도 사랑합시다.
살다 살다 노을이 될 때에도
더욱 깊고 끈끈한 사랑으로
서로의 가슴을 따뜻이 데워 줍시다.

처음 만났을 때
그 형언할 수 없는 행복함이
끝나가는 날에
미움이 되어서는 아니 됩니다.

우리가 사랑한다고 서로의 가슴에
인생을 묻고 얼굴을 묻었을 때
그것은 강산이 변하고 사람들이 변해도
마음만은 변치 않겠다는
세상에서 가장 소중한 약속인 것입니다.

우리 노을이 될 때에도 사랑합시다.
그때 다시 두 손을 꼭 잡고 얼굴을 마주보며.

그대가 있어

그대가 있어 너무 행복하다고
그대가 있어 세상은 살만한 곳이라고
나로 하여금 팔불출처럼 떠들게 하는 사람.

그대가 있어 나는 더 이상
천국으로 가기 위한 소망은 갖지 않습니다.

내겐 다름 아닌 그대가 천국이기 때문입니다
그 어디라도 그대와 함께 하는 곳이라면
그곳이 내겐 천국과 다름없기 때문입니다.

아, 오늘도 정말이지
나는 그대가 있어
세상마저 참으로 좋습니다.

3부

사랑소곡

삶의 다짐

바람아,
네가 불 수 있는 가장 쎈 바람으로
불어와 보거라.

겨울아,
네가 추울 수 있는 가장 혹독한 겨울로
추워져 보거라.

어둠아,
네가 까말 수 있는 가장 짙은 어둠으로
까매져 보거라.

그럴수록 나는
살아서 피워내야 하는 내 영혼의 꽃을
가장 아름다운 모습으로 피워내리라.

어떤 바람에도 꺾이지 않고
어떤 겨울에도 동사하지 않고
어떤 어둠에도 빛을 잃지 않는.

소망 같은 기도

오늘 하루도 낯선 타인을
사랑하며 살아가게 해주십시오.

나와 한 번도 만나지 않은 사람일지라도
다정히 대해 주며 살아가게 해주십시오.

다시 만날 사람이 아니라고
퉁명스레 대하게 하지 마시고
길을 물어 오거나 도움을 청해 오면
웃는 모습으로 도움을 주고
기분 좋게 인사를 나누며
헤어지게 해주십시오.

너무나 어두워진 세상 때문에
낯선 사람이면
으레 경계의 눈초리를 보내야 하는
사람들의 가슴을 따듯이 녹여 주십시오.

그리고 사랑을 채워 주십시오.
세상 사람 모두를 사랑할 수 있는
그런 사랑을 가슴 가득 채워 주십시오.

꽃

피었다 지면 그만인
세상에 피는 꽃 말고
내 가슴속엔
지울 수 없는 꽃이 피어 있네.

비 맞으면 더 싱그러워지고
눈 맞으면 더 고결해지는
그런 꽃이 내 가슴속엔 피어 있네.

마냥 웃음빛을 심는
행복만을 주다가도
어떤 땐 그 꽃은 내게
눈물을 주기도 하네.
어떤 땐 그 꽃은 내게
쓴 눈물을 주기도 하여
나를 슬프게도 하네.

내 가슴속에 있지만
바람 불어 흔들리면 쓰러질까 안타깝고
짙은 어둠이 오면 무서울까 안타까운

그런 꽃이 내 가슴속에 있어
오늘도 나는 그 꽃을 돌보는 재미로
하루를 심심치 않게 살아가네.

그 꽃이 내 가슴속에 있다는 것은
하늘이 내린 축복이어서
평생 그 꽃만 가슴속에 담고 살아도
내 인생은 조금의 후회도 없겠네.

사랑소곡

1

사랑은 주는 것이다.

줄 것이 없을 땐

주고 싶은 마음이라도 주는 것이다.

2

사랑은

비가 올 땐 우산을 받쳐주고

눈이 내릴 땐 외투를 벗어 입혀주는

따뜻한 마음을 갖는 것이다.

3

사랑은 희생하는 것이다.

자신을 스스로 태워 빛 발하는 별처럼

자신을 희생하여 상대의 어둠을

밝음으로 바꿔주는 것이다.

4

사랑은 어떠한 일이 있어도

결코 홀로 건재할 수 있다는 모습을

보여줘서는 안 되는 것이다.

5

사랑은 상대가

나의 소망을 따라 주길

바라는 것이 아니라

자신이 상대의 소망을 따라

열심히 땀 흘려 살아주는 것이다.

6

사랑은 다정히 지내는 것이다.

비둘기처럼 다정하길 바라기보단

비둘기가 자신들처럼 다정하길 바라도록

사랑은 가끔 다툼을 가져도

언제 그랬냐는 듯 금방 다정히 지내는 것이다.

우리 물처럼 흘러서 가자

우리 물처럼 흘러서 가자.
함께일 때는 너와 나 따로이지 않고
철저히 하나로 섞여 흐르는
우리 물처럼 흘러서 가자.

가다가 길이 달라져 나뉘어 가더라도
서로에 대해 미움은 갖지 않는
각자의 길에서 부디 행복하기를 바라는
그런 헤어짐으로 흘러서 가자.

그리하여 각자의 길을 가다
다시 함께 만나 흐르는 날이 오면
껄끄러움이나 서먹한 마음 없이
다시금 하나로 섞여 흐를 수 있게
다시금 철저히 하나로 섞여 흐를 수 있게

우리 언제나 물처럼 흘러서 가자.

혼자가 아닌 둘이잖아요

두려워하나요.
두려워하지 마세요.

두려움은
혼자였을 때나 간직하는 것
지금 우린 둘이잖아요.

꿈에 가득 찬 둘이잖아요.
기쁨에 가득 찬 둘이잖아요.
희망에 가득 찬 둘이잖아요.

두려워하나요.
두려워하지 마세요.
지금 우린 혼자가 아닌 둘이잖아요.

웃으세요.
둘이 함께 있다는 것은
웃는다는 것입니다.

웃으세요.

우린 둘이니까요.

혼자가 아닌 둘이니까요.

하늘
— 삶이 힘듦을 느끼는 친구에게

친구야,
길을 가다 지치면 하늘을 보아.
하늘은 바라보라고 있는 거야.
사는 일은 무엇보다 힘든 일이니까
살다 보면 지치기도 하겠지만
그러더라도 그러더라도
체념해 고개를 떨구지 말라고
희망마저 포기해
웃음마저 잃지 말라고
하늘은 저리 높은 곳에 있는 거야.
정녕 주저앉고 싶을 정도의
절망의 무게가
몸과 마음을 짓눌러 와도
용기를 잃지 말고 살라고
신념을 잃지 말고 살라고
하늘은 저리 높은 곳에서
우릴 내려다보고 있는 거야.

친구야
어느 때이고

삶이 힘듦을 느끼는 날엔

하늘을 보아.

그리곤 씨익 하고 한번 웃어 보려무나.

* 독자들이 뽑은 명시 모음집 『사랑의 선물』(여울미디어 2003년)에 실림, 2011년에 합
창곡으로 만들어짐 〈유튜브에서 '하늘-코리아 남성 합창단'으로 검색하면 들을 수 있
음〉.

초록빛휘파람

그리운 사람 그리운 날엔
초록빛휘파람을 불자

하늘 한 모서리
지상 한 귀퉁이
해가 뜨고 지는 자리에서
원치 않는 슬픔과 고통이
우리의 삶을 그늘지게 하여도

그리운 사람이 그리운 날엔
초록빛휘파람을 불자

민들레 홀씨처럼 가볍게
내 간절한 마음
그리운 사람에게 날아갈 수 있도록
날아가 그리운 사람의 가슴에
행복의 둥지를 틀 수 있도록

그대 나에게 올 때는

그대 나에게 올 때는
편하게 오세요.
잘 보이려 애쓰지 않아도
잘 보일 수밖에 없는 게
천생연분 사랑인 것을

그대 나에게 올 때는
나를 집으로 생각하고 오세요.
감출 것도 없이 부끄러워할 것도 없이
가꿀 것도 없이 꾸밀 것도 없이
집에서 하던 그 모습 그대로
나에게 오세요.

세상을 살면서 볼 눈치도 많은데
나에게까지 와서 눈치를 봐야 한다면
나 역시 그대에겐 세상에 너절한
그런 한 사람에 불과하다는 얘기.

다른 것은 다 좋다 해도
그것만은 나 싫습니다.

다른 것은 다 웃어도
그것만은 나 화납니다.

진정 그대 나에게 올 때는
세상에서 가장 편한 모습으로 오세요.
진정 그대 나를 사랑하신다면
그렇게 오세요.

가을축제

가을은 고독한 계절이 아님을
그대는 나에게 가르쳐 주었습니다.
떨어지는 낙엽에 쓸쓸한 바람이 불어도
마음이 예전처럼 공허해지지 않았습니다.

공허해질 틈도 없이 가득 마음을 채우고 있는
그대로 인해 말이 살찌는 계절에
나는 마음이 살찌고 있습니다. 그대가 있는
내 마음은 든든하기 그지없습니다.

생동감이 넘치는 초등학교 가을 운동회 같은
그런 느낌으로 내 마음속은 가득 차 있습니다.
그대가 다 채우고 있는 마음에
이상하게도 여유는 예전보다 더하고
너그러움과 즐거움은 더 넓게 자리를 잡고 있습니다.

단 한 사람이 주는 행복이 우주처럼 클 수 있다는 것을
그대에게서 나는 배우고 있습니다.
그대는 이 가을을 축제로 만들뿐 아니라
내 인생을 사철 축제로 만들고 있습니다.

\>

영원히 사랑하여도 부족한 나의 사랑으로

나는 언제까지나 그대를 사랑하며 살아갈 것입니다.

땡과 딩동댕

틀렸다고 못했다고
땡 합니다.
맞혔다고 잘했다고
딩동댕 합니다.

생각해보면 인생은
복잡미묘한 것 같지만
실은 땡과 딩동댕에 불과합니다.

그러나 중요한 것은
인생에 있어 땡과 딩동댕은
남이 치는 것이 아니라
자신이 친다는 것입니다.

그대는 그간 살아온 삶 동안
땡과 딩동댕 중
어느 것을 더 많이 친
인생을 살았습니까?

사랑의 희망

여태껏 걸어온 길은 폐허였고
앞으로 걸어갈 길 또한 폐허입니다.
그러나 지금부턴
그냥 폐허 위를 걸어가는 것이 아닙니다.

이젠 꽃도 심고 곡식도 심고
살 집도 지어 가야 합니다.
이젠 혼자일 땐 엄두도 못 내었던 폐허를
아름답고 포근한 장소로 만들어 가야 합니다.

마음으론 서로가 서로를 아껴 주고
눈으론 우리의 하나 된 꿈을 바라보며
그대와 난 이 폐허를 개척해 나가야 합니다.

이제 나는 그대를 만났고
그대는 나를 만났으니,
그대와 난 우리가 사는 세상을
행복의 웃음소리로 바꿔야 할
책임과 의무가 함께 생긴 것입니다.

>

그대와 손잡고 세상을 걸어가는
내 사랑엔 희망만이 가득해
토실토실한 열매를 기대할 수 있는
미래의 삶이 있어
나는 오늘도 그대와 사는 재미가 참으로 좋습니다.

사랑의 선물

우리에겐 좋은 집과 기름진 산과 들
그리고 풍족히 쓰고 남을 재물이 없음은
참으로 다행스런 일입니다.

그런 것들이 우리에게 있으면
우리가 만나 살아야 하는 의미를
그만큼 잃어버리는 것이기 때문입니다.

둘이 힘 모아
하나하나 만들어 가며 얻는 기쁨,
또 서로에 대한 감사함,
물론 폐허 위에선 힘든 시절을 거쳐야 하지만
그것보다 더 커다란
사랑과 행복을 얻을 수 있기에 좋습니다.

이것이 우리가 서로에게 존재하는.
그리하여 서로에게 가장 받고 싶은
사랑의 선물이 되어 서로를 기쁘게 해주는
한 송이 꽃, 한 점 별이 되어
서로의 마음에 주인이 되어 살아가는 이유인 것입니다.

꽃에게서 배움

어찌하면 그렇게
아름다울 수 있나요.
어찌하면 그렇게
향 고울 수 있나요.
꽃에게 물었더니,

꽃이 더욱 아름답고
진한 향을 풍기며
지나가는 소리로
대답해 주네요.

자기 인생에다
목숨을 걸어 보세요.
자기 인생에다
목숨을 거는 것보다
아름답고 향 고운 것은
없으니까요.

아, 꽃이
이다지 아름답고 향 고운 것은

자기 인생에다
목숨을 걸었기 때문이구나.

평화

음악을 켜놓고
독서를 한다.

어느덧 음악소리
독서에 잠들었다가
다시금 음악소리로 깬다.

아, 이보다 더한 평화
어디에서 또
느낄 수 있으랴!

꿈을 위한 희망은

꿈을 위한 희망은 행복하여라
삶을 위한 희망은 행복하여라

지금 가진 것 없고
미래 또한 밝지 않으나
무엇인가,
내가 원하는 무엇인가가
꼭 올 거라는 믿음으로
일어서는 하루하루는 어둡지 않다.

괭이를 들고 땅을 한번 파면
온 밭에 새싹이 돋고
심은 것 그대로
더 많은 열매가 열리듯이

지금 흘리는 땀방울이
적어도 나에게
실망을 주지 않으리라는 것을 믿는 날은
아무리 어두워도 슬프지 않다.

> 오늘이 가면 내일이 올 것이고
오늘보다 내일은 더 밝을 것이고
오늘보다 내일은 더 큰 희망으로
웃을 수 있으리라.

우리는 우리의 손을

우리는 우리의 손을
엄지손가락 치켜세워
그대 최고라 말하는 그런 손이게 해요.

우리는 우리의 손을
언성 높이며 삿대질하는 손이게 하지 말고
그대 잘했다며 박수 쳐주는 그런 손이게 해요.

우리는 우리의 손을
인상 쓰며 멱살잡이하는 손이게 하지 말고
그대 반갑다며 잡아주는 그런 손이게 해요.

그리하여 우리는 우리의 손을
양손으로 힘껏 밀쳐내 남이 되는 손이게 하지 말고
양손 벌려 와락 끌어안아 가족이 되는 그런 손이게 해요.

부디 우리는 우리의 손을
그런 손이게 해요.
언제까지나 그런 손이게 해요.

나는 산이 되고 싶어졌습니다

나는 그대에게서만큼은
산이 되고 싶어졌습니다.

그대를 만나, 그대와
함께하는 시간이 늘어나면 날수록
나는 산이 되고 싶어졌습니다.

그대가 세상살이를 하다
몸과 마음이 지치고 힘들 때
언제나 찾아와 편하게
심신을 누일 수 있는
나는 그런 산이 되고 싶어졌습니다.

세상을 살다 보면 들 수 있는
외롭다는 생각,
쓸쓸하다는 생각,
허무하다는 생각,
그대에겐 들지 않도록
그대만을 바라보며 살아가는
나는 그런 산이 되고 싶어졌습니다.

＞

그대가 부담 없이 친구처럼 느낄 수 있는

그런 산이 되어

나는 언제나 그대 곁에 머물고 싶어졌습니다.

알아주세요

나에게도 눈물이 있어요.
그대 앞에서 밝은 미소로
향긋하게 있다가도
그대 없는 곳에서
살짝 흘리는 눈물이
나에게도 있어요.

난 무던한 바위도
감정 없는 인형도 아니에요.
난 웃을 줄도 알지만
울 줄도 아는
그대를 닮은 사람이에요.

알아주세요.
그대의 손짓 하나와 몸짓 하나에
그대의 말짓 하나와 눈짓 하나에
내가 웃을 수도 울을 수도 있다는 것을.

내 마음은

당신 그리워하는
내 마음은 바윗돌.

당신 얼굴을 새기고
당신 이름을 새기고
당신 그리워하는
내 마음은 바윗돌.

내 오늘 죽더라도
당신 향한 그리움은
천년의 향기를 남길,

당신 그리워하는
내 마음은 바윗돌.

* 같은 제목의 시가 앞에도 있지만 두 시 다 독자들이 좋아하는 시라 제목을 바꾸지 않고
  그대로 실었음을 밝힙니다.

4부

별이 빛나는 것은

연못에서 연꽃이 피는 이유를

삶이 아름답기 위하여
아름다운 것을 보고
아름다운 생각을 하지만

사람이 산다는 것은
어딘가에는 반드시
진흙탕이 있더라.

진흙탕 같은 연못에서
연꽃이 피는 이유를,

살아오면서 채워진
진흙탕 같은 미움, 그 미움 위에
연꽃을 피워낸다면

아름다운 것을 보고
아름다운 생각을 한 삶이
비로소 아름다워질 수 있는 것 아니랴.

겨울편지

너는 그리운 사람이다.
언제든, 어디에 있든
너는 그리운 사람이다.

눈이 내린 겨울날
바람이 차갑게 불어도
너에게로 가는
발자국 하나 남기고 싶다.

지금은 멀리 떨어져 있어
전화로 안부를 묻는 시간,
아침엔 너를 생각하며 눈을 뜨고
저녁엔 너를 생각하며 눈을 감는다.

춥다, 부디 아프지 마라.

그대가 있어 내 인생이

좋은 걸 보면 가장 먼저
그대가 떠오릅니다.

맛있는 음식을 보면,
멋있는 풍경을 보면,
잠시의 머뭇거림도 없이
그대가 떠오릅니다.

그대와 함께라면
맛있는 음식이 더 맛있을 것 같고
멋있는 풍경이 더 멋있을 것 같습니다.

그대가 있어 내 인생이
더욱 기쁨에 가득 차고
더욱 행복에 가득 찹니다.

그대는 내 인생과 함께 하고
나는 그대 인생과 함께 합니다.

당신의 노래

내가 부르는 당신의 노래
그 노래 제목은 사랑입니다

빠른 가락의 노래를 불러도
느린 가락의 노래를 불러도
기쁜 느낌의 노래를 불러도
슬픈 느낌의 노래를 불러도

그 노래에 담긴 내용은 사랑입니다
오직 당신 향한 사랑입니다

사랑의 기도

내 사랑을
여러 갈래로 나뉘게 하지 마세요.
내 사랑을 여러 사람을 향해 가게 하지 말고
한 사람만을 향해 가게 해 주세요.

한 뿌리에서 여러 줄기가 나온 나무보다
하나의 줄기만 나온 나무가
파란 하늘에 더 가깝고 잎새 풍성한 거목이 되듯
내 사랑도 한평생 한 사람만을
바라보며 살아가게 해주세요.

평생 해만 바라보고 사는 해바라기처럼
평생 달만 바라보고 사는 달맞이꽃처럼

그리하여 그 한 사람에게서
내 사랑이 파란 하늘에 더 가깝고
잎새 풍성한 거목이 되게 해주세요.
부디 그 한 사람에게서 내 사랑이
행복의 결실을 거두게 해주세요.
웃음소리 가득한 행복의 결실을 거두게 해주세요.

그대의 편지

그대는 편지 한 통 보냈지만
그 속에서 나는
너무 많은 것을 꺼내고 있습니다.

지워지지 않고
사라지지 않는 것은
편지지 위에 글자들이 아니라
그대의 손가락을 타고 흘러나온
가슴의 언어들

그 언어들은
별빛 한 줌
꽃향기 한 줌
새 울음소리 한 줌

조금씩 조금씩 모아
빚어낸 것임을 나는 압니다.

창문으로 하늘이
파랗게 물드는 삶의 오후에

그대의 편지는
커피를 마실 수 있는 여유로
똑똑 내 가슴을 두드리고 있습니다.

그대의 편지가 있어
내 삶이 더 행복해지는 하루입니다.

내가 꿈꾸는 세상에

내가 꿈꾸는 세상에
그대 함께 할 수 있다면
얼마나 좋겠느냐.

흔들리며 살아가는 외로운 사람끼리
서로를 아껴주고 감싸주는 모습으로
서로의 삶에 견고한 성을 쌓을 수 있다면
얼마나 좋겠느냐.

비바람 몰아치고
눈보라 몰아치는 세상을
홀로 빈 가슴을 움켜쥐고 걷지 않는 것도
너무나 소중한 행복.

내가 꿈꾸는 세상에
그대 함께 할 수 있다면
얼마나 좋겠느냐.
어둡고 삭막한 이 땅에
그대 함께
한 송이 예쁜 꽃을 피울 수 있다면

얼마나 좋겠느냐.

아, 얼마나 좋겠느냐.

긍정적인 후회

후회를 해 볼까나.
후회를 하지 않기 위해 살아도
후회를 하게 되는 것이 삶.

후회를 해 볼까나.
그러나 후회를 하는 것으로
끝나 버리는
그런 후회가 아닌
다시 꿈꾸고
다시 시작하기 위해서 하는
그런 긍정적인 후회를 해 볼까나.

그리하여 남겨진 삶을
지금보다 아름다운 꽃으로
피워낼 수 있는
그런 긍정적이고
희망적인 후회를
지금 당장 해 볼까나.

희망

따뜻한 날에
한번이라도
강을 걸어서 건너 본 적 있나.

겨울이 추우면
얼음이 어네.
겨울이 추우면 추울수록
더욱 단단한 얼음이 어네.

얼음은 길,
강을 걸어서 건너네.

행복

이슬은 풀잎에서 살고
나는 그대에게서 삽니다.
아무것 가지지 않아도
아름다운 것은 아름답고
소중한 것은 소중합니다.

날마다 깨어나는 아침 속에서
나는 그리 큰 것을 바라지 않습니다.
어제 읽다 만 책을 다시 읽어 가고
어제 하다 남은 일을 다시 해 가고
어제 만나던 사람을 다시 만납니다.

마음이 행복할수록
먹구름 잔뜩 낀 하늘도 맑아 보입니다.
오늘도 이슬은 풀잎에서 살고
나는 여전히 그대에게서 삽니다.

물망초

누가 말했던가요.
사랑은 함께 해야 영원할 수 있다고

나 이제 알겠어요.
함께 산다고
다 행복이 아니듯
헤어져 산다고
다 불행이 아니라는 걸
헤어져 있어도
다 잊혀지는 게 아니듯
함께 살아도
다 잊힐 수 있다는 걸

나 이제 알겠어요.
내가 오늘도 한 송이 꽃으로 피어
이렇게 행복할 수 있는 건
사랑하는 사람과
함께 지내서가 아니라
사랑하는 사람에게서
잊히지 않았기 때문이란 걸.

사랑을 한다는 것은

사랑을 뒤로 미루는 것은
살면서 하는
가장 바보 같은 짓일지 모릅니다.

저 모래알같이
많고 많은 사람 가운데
오직 한 사람만이
하늘이 허락한 운명의 사랑인데
그 사랑을 뒤로 미루는 것은
사람이 살면서 하는
가장 바보 같은 짓일지 모릅니다.

사랑한다면 뒤로 미루지 마세요.
사랑을 한다고 하는 것은
지금 한다는 것이지
내일 한다는 것은 아닙니다.

사랑한다면.
뒤로 미루지 마세요.

>

미래는 어찌 될는지
누구도 장담할 수 없는
보이지 않는 시간이니까요.

보이지 않는 시간을 믿는 것은
불행이 될 수도 있는 것이니까요.

운명

꽃이 오라고
손짓하는데

겨울이
어둠이
그 앞을 막아섰습니다.

그래도
그래도
겨울을 몰아내고
어둠을 걷어내고

한 마리 나비는
멈춤 없이
꽃에게로,
꽃에게로 가고 있습니다.

사람꽃

겨울에 꽃이 피지 않는 것은 날씨가 추워서가 아니라
사람이 꽃을 피워야 하는 계절이기 때문이다.
사람꽃이 피는 계절이기 때문이다.

꽃들은 알고 있다. 세상의 꽃 중 가장 아름다운 꽃이
사람꽃이라는 걸. 그리하여 겨울이 오면 들녘의
모든 꽃들은 자취도 없이 사라져 가는 것이다.

사람꽃─사람과 사람이 나누는 온기를 먹고 자라는 꽃.
사람과 사람이 나누는 사랑을 먹고 피어나는 꽃.
사람과 사람이 나누는 풍성한 정으로만 시들지 않는 꽃.

겨울에 꽃이 피지 않는 것은 날씨가 추워서가 아니라
사람이 꽃을 피워야 하는 계절이기 때문이다.

사람이 사람에게
누군가가 누군가에게
꽃으로 피는 계절이기 때문이다.

파도
― 꿈을 향해 간다는 것

무엇을 향하여 파도는
평온한 바다의 수면 위에서
거센 힘으로 분출하는 건가
하늘을 향해 솟아올라도
육지를 향해 돌격해 보아도
언제나 찾아드는 자리는 제자리
바다, 바다의 품속인데

바다를 떠나지 못하면서
파도는 왜 오늘도
분출의 무모함을 멈추지 않는 것인가!

알고 싶어요

먼 곳에 눈빛을 두고
그대가 동경하는 것은
무엇일까요.

그대의 책갈피에
고이고이 꽂혀 있는
네잎클로버는
누구를 향한 마음일까요.

별이 빛나는 것은

별이 빛나는 것은
바라봐 주는
또 다른 별이 있기 때문이다.
운명의 별이 있기 때문이다.

단지 별은
둘이 바라보는 것으로
빛나는 것이어서
자신들의 빛남이
지상의 사람에게까지
다다른다는 것을 모른다.

지상에 있는 사람의 마음속까지
아름답게 밝히고 있다는 것을 모른다.
자신들의 빛남이
그렇게까지 찬란하고
아름다운 빛남인지 모른다.

사람이 사람을 만나
사랑하는 것은

바로 이 같은 별이 되는 일이다.

자신들이 얼마나
찬란하고 아름답게 빛나는 줄 모르고
오로지 서로만을 죽도록 사랑하는
별이 되는 일이다
바로 이 같은 별이 되는 일이다.

별

별이 빛나는 것은
밤에 떠오르기 때문이다.
별이 아름다운 것은
계절을 가리지 않기 때문이다.

별은 사람의 묘비명

저 별 어딘가에 윤동주가 있을 것이다. 망이 망소이가 있을 것이다. 전태일이 있을 것이다. 원효가, 슈바이처가, 테레사수녀가, 헬렌켈러가, 충무공이, 에디슨이, 신채호가, 김구가, 로트렉이, 디오게네스가, 카바노 백작이, 이달이──있을 것이다. 그리고 저 별 어딘가에 이름 없이 의롭게 죽어간 사람들의 따뜻한 별자리가 있을 것이다. 태초의 사람부터 조금 전까지의 사람까지 헬 수 없는 별만큼 헬 수 없는 사람들이 있을 것이다.

오늘도 별이 빛나는 것은
세상 어딘가에서 밤을 밝히고 서 있는
가로등 같은 사람들이 있기 때문이다.
오늘도 별이 아름다운 것은
세상 어딘가에 계절을 가리지 않고 희망을 노래하는

상록수 같은 사람들이 있기 때문이다.

그 사람들에게 하늘의 별이
은은한 사랑의 눈길을 보내 주고 있기 때문이다.

나에겐 그대가

마음에
사랑하는 사람 하나 없다면
그 사람의 삶은
꽃 없는 세상에서
별 없는 하늘을 바라보는 것과
다를 것이 없습니다.

나에겐 그대가
그런 사람입니다.

나에겐 그대가
향 고운 꽃 만발한 세상에서
아름다운 별빛이 수놓아진 하늘을
맘껏 바라보게 해주는
그런 사람입니다.

나에겐 그대가
내 삶을 행복으로
단풍 들게 해주는
바로 그런 사람입니다.

그대를 사랑할 땐

그대를 사랑할 땐
티 없이 맑은 하늘을 바라보겠어요.

그대를 사랑할 땐
잔잔히 물결 이는 바다를 바라보겠어요.

그대를 사랑할 땐
꽃향기 가득한 대지를 바라보겠어요.

그대를 사랑할 땐
좋은 것만 바라보고 좋은 생각만 하겠어요.

그대 사랑하는 나의 사랑에
슬픔이 채워지지 않고 행복만 채워지게

그대를 사랑할 땐
좋은 것만 바라보고 좋은 생각만 하겠어요.

분광된 빛으로 읽는 사랑의 방식

최은묵 시인

분광된 빛으로 읽는 사랑의 방식

최은묵 시인

강한 빛이 산란이나 반사로 인해 허상이 나타나는 현상을 렌즈 플레어Lens Flare라고 한다. 이것은 동일한 형태로 나타나지 않고 조리개나 렌즈의 구성에 따라 다양하고 복잡하게 드러난다. 실체로 읽을 수도 있고 추상으로 읽을 수도 있는 렌즈 플레어는 사람과 사람의 관계에서, 특히 연애의 감정에서 더욱 강렬한 인상을 남기기도 한다.

이동식 시집 『입맞춤』은 사랑을 근간으로 빛을 흩뿌려놓은 시집이다. 연인에게 보내는 아주 긴 연서戀書이며, 현존하는 대상에 대한 고백이며, 사랑에 대한 다짐이다. 어떤 사랑의 대상이나 연애의 감정이 들어오는 순간 사람의 몸에도 플레어가 발생한다. 이런 눈부심이 마음에 형상으로 새겨질 때 렌즈의 방향은 그 대상을 중심에 둔 채 고정되는데, 이동식 시인의 시편들은 지극히 개인적인 영역으로 접근할 수도 있지만, 사랑이라는 커다란 테마에 얽힌 사람들의 보편적 세계에서 해석해볼 때 그 폭을 얼

마든지 확장시킬 수 있다

사람의 감정 중에서 사랑은 분산되기 이전의 빛인 흰색일 것이다. 감정이라는 빛이 표출되거나 흡수되는 과정에서 느끼는 다양한 색깔은 인간의 마음에서 동질의 현상으로 발현된다는 것을 익히 알고 있다.

그것은 사람의 관계에서도 마찬가지로 드러난다. '그대'라는 대상은 분광된 색 중에 '나'에게 흡수된 색깔이다. 그때 그대와 나의 관계는 일정 부분 동질성을 지닌다. 알 수 없는 무언가가 나에게로 들어오고 그 무언가가 내부에서 화학반응을 일으키는 지점에서 '나'의 존재가 소멸되는 부분과 그 자리에 채워지는 '그대'라는 영역의 정도를 '사랑'이라고 한다면, 이동식 시인에게 있어서 사랑이 중첩된 영역은 사람에 대한 근원적인 애정에 맞닿아있다고 볼 수 있다.

사람이 사는 마음을
갖고 싶습니다.

사람이 살지 않는 빈방은
왠지 냉랭하고 썰렁해 보이듯
사람이 살지 않는 마음도
냉랭하고 썰렁하답니다.

화단에 핀 꽃을 보면서 느끼는
그 아름다운 마음으로

누군가 반갑게 대해줄

사람이 있다는 건

삶에 있어서

참으로 즐거운 일입니다.

그것은 읽기 좋은 한 편의 시이고

보기 좋은 한 폭의 그림이며

듣기 좋은 한 곡의 음악입니다.

아, 나도 이제

사람이 사는 마음을 갖고 싶습니다.

그리하여 내 인생을

따뜻하게 꾸미며 살아가고 싶습니다.

　　― 「사람이 사는 마음」 전문

　체온은 몸뿐 아니라 마음으로도 전달된다. 마음은 사람과 사람의 관계에서 가장 소중한 통로이다. "사람이 살지 않는 빈방"의 냉기는 그것을 겪어본 사람이라면 알 수 있다. 이동식 시인은 나 자신만 채운 마음과 타인을 들여놓은 마음의 차이를 잘 알고 있다. 그 차이에서 발생하는 온도가 물리적이지 않고 추상적인 현상이라 하더라도, 마음과 마음이 어우러지는 지점에서 온도가 지닌 상징은 나보다 타인을 먼저 생각하는 마음에 근간을 두고 있다는 사실이다.

　"사랑이 어디서 왔느냐고 묻는다면/ 나는 대답하겠어요./ 그대에게서 왔다고"(「작은 사랑 엽서」) 시인은 말한다. 여기서 "그대"는 1인칭이나 2인칭이나 3인칭 어느 것으로 읽어도 무방하다. 다만 이 시집이 지향하는 전체적인 흐름을 고려하면서 우선 애정의 대상을 특정하여 "그대"를 읽기로 한다.

그러므로 이제부터 '그대'는 이성적인 사랑의 대상이다. 누군가를 마음에 들여놓는다는 것은 그만큼의 나를 비우는 일임을 시인은 잘 알고 있다. 「마음 정리」를 보면, "그대가 내게 오기 전에/ 마음을 채우고 있던 것들을/ 모두 다 밖으로 내어놓곤/ 먼저 그대를 채웁니다." 라고 고백한다. 이 쉬운 말을 행동으로 옮기는 것은 결코 쉽지 않다. 이동식 시인에게 있어 '그대'는 나보다 먼저 생각하는 대상이며, 먼저라는 의미는 "밖에 내어놓았던 것들 중에/ 많은 것을 버려야만" 한다는 사실과, 나와 그대의 우선순위가 바뀐다는 사실을 동시에 인정하는 행위다.

눈빛으로도 얼마든지
장미 한 송이만으로도 얼마든지
바닷가에서 수평선을
함께 바라보는 것만으로도 얼마든지
손을 살며시 잡는 것만으로도 얼마든지
무슨 일이 있을 때
가장 먼저 숨차게 달려오는 것만으로도 얼마든지
우리는 말할 수 있습니다.

어쩌면 가장 의미 없고 작은 것은

우리가 입을 벌려 하는 말인지도 모릅니다.

─「사랑한다는 말」전문

　이동식 시인은「사랑한다는 말」에서 사랑의 행위에 있어 보여
주는 것과 들려주는 것의 차이를 분명하게 말해준다. 그가 말하
는 사랑은 과연 어떤 형태로의 사랑이라 말할 수 있을까? 흔히
말하는 에로스Eros, 스토르게Storge, 필리아Philia, 아가페Agape
네 가지 사랑의 속성 중에서 무엇 하나라고 단정 지어 말할 수는
없을 것이다.

　나를 비우고 그대를 채운다는 말은 이동식 시집『입맞춤』이 내
포하고 있는 뿌리라고 정의해도 과언이 아니다. "나, 좋은 사람
만나/ 좋은 물이 들고 싶어요."(「좋은 햇볕에 물든 단풍처럼」)
라는 진술은 삶의 변곡점을 갈망하는 자아의 진솔한 고백이다.
"빈방"의 냉랭한 온도를 바꿔줄 수 있는 "햇볕 같은 사람."을 만
났다는 건 일생의 중요한 사건이다. 이것을 다른 각도로 살펴보
면 '사람이란 에로스에 의해 태어나고, 스토르게에 의해 양육 받
으며, 필리아에 의해 다듬어지고, 아가페에 의해 완성된다'는 말
처럼 사람과 사람의 관계에서 발생하는 사랑이라는 감정은 네
가지를 모두 지니고 있음을 여러 경험치를 통해 알 수 있다.

　"의미 없고 작은 말" 대신 "눈빛", "장미 한 송이", "함께 바라
보는 것", "손을 잡는 것", "가장 먼저 숨차게 달려오는 것"처럼
거창하지 않고 아주 소소한 모습이 말을 대신할 수 있는 행동이
라는 것은 의미 있는 고백이다.

만나다 보니 정이 듭디다.
만나다 보니 사랑이 됩디다.

처음 만날 땐 아무 뜻 없이
아무 부담 없이 만났는데
만나다 보니 신경이 쓰입디다.

옷에도 신경을 쓰게 되고
몸가짐에도 신경을 쓰게 되고
그가 만나는 사람에게도
신경을 쓰게 됩디다.

차츰 그에게 전화를 하고 싶고
그에게 편지를 보내고 싶고
그의 얼굴을 떠올리게 되면서
그는 점점 빛나는 별이 되어 갑디다.

그가 느끼는 슬픔과 고통은
내게도 슬픔과 고통이 되고
그가 간직하고 있는 꿈과 희망은
내게도 꿈과 희망이 됩디다.

참말로 만나다 보니 정이 듭디다.
참말로 만나다 보니 사랑이 됩디다.

타자를 마음에 들인다는 것은 타자를 통해 자아를 다시 살펴보는 과정이라고 말할 수 있다. 특히 그 대상이 연인이라면 이런 현상은 일방적이기보다는 상호교류의 자연적인 흐름일 것이다. 내게 보이는 그의 모습과 그의 눈에 보이는 나의 모습이 유체처럼 소통하는 과정을 이동식 시인은 "정"이며 "사랑"이라고 말한다. 슬픔이나 고통을 함께 하는 것, 꿈과 희망을 함께 하는 것은 삶의 보편적 상황을 동행한다는 의미이다. 다른 여러 감정 중에서 사랑은 특히 지향하는 삶의 모습이 같은 경우가 많은데, 이것은 애초에 동질의 성향일 수도 있지만 대부분은 동반자의 의미로 서로 조율하거나 한쪽의 헌신으로 유지되기도 한다.

유지된다는 것은 무척 중요하다. 사람의 감정이란 늘 똑같지 않다는 것은 부인할 수 없는 사실이다. 인생도 변하고 사랑도 변한다. 그럼에도 불구하고 같은 곳을 향해 걸음을 맞추려는 몸짓은 힘들지만 소중한 다짐이다.

이것은 영원히 못 만난다는 의미가 아니라
반드시 만나야 한다는 의미입니다.

만났으면 헤어지지 말고
오래도록 사랑하며 살라는 의미입니다.

만났다 헤어지면

그땐 다신 만날 수 없는 사이가 되니
어떤 아픈 일,
어떤 괴로운 일이
서로의 사이를 갈라놓는다 하여도

그럴수록 더욱 서로를 이해하고 용서하며
또 따뜻이 감싸주며
오래도록 사랑하며 살라는 의미입니다.

이것은 정녕
영원히 못 만난다는 의미가 아니라
반드시 만나야 한다는 의미입니다.

— 「평행선」 전문

이동식 시인이, 인연에 대한 당위성을 외적인 힘에 두지 않고 내적인 노력에 두는 것은 사랑이 운명적으로 정해진 관념이 아니라 서로에 대한 이해에 더 큰 비중을 두고 있다는 말이기도 하다. 이것은 불가항력적으로 발생할 미래에 대한 스스로의 언약이다. 어떤 경우라도 지켜야 하는 사랑은 혼자가 아니라 이제 둘의 몫이다. 감정은 외부로 인해 언제든 변형될 수 있다. 생성된 감정을 원래의 상태로 유지하기 위해서는 근본적인 마음으로 접근해야 한다. 처음의 마음을 지키는 것처럼 어려운 일이 있을까?

어쩌면 사랑이 변질되는 가장 큰 원인은 욕심일 것이다. '나'

를 비우고 '그대'로 채웠던 처음의 마음이 시간이 지나면서 다시 나로 채워지는 일을 사람들의 삶에서 흔히 볼 수 있다. 또 '그대'로 채웠던 마음에 제3의 대상(그것이 사람이거나 사물이거나)을 들여놓는 경우도 자주 발생한다. 그러므로 처음의 사랑을 유지한다는 건 말처럼 쉬운 일이 아니어서 끊임없이 나를 비우는 행위이며 끊임없이 욕심을 지워나가는 노력이 뒤따라야 한다.

우리에겐 좋은 집과 기름진 산과 들
그리고 풍족히 쓰고 남을 재물이 없음은
참으로 다행스런 일입니다.

그런 것들이 우리에게 있으면
우리가 만나 살아야 하는 의미를
그만큼 잃어버리는 것이기 때문입니다.
— 「사랑의 선물」 부분

"서로의 존재"가 된다는 건 "서로의 마음에 주인이" 된다는 것이다. 이것은 복종의 의미가 아니라 희생의 의미이다. 비움으로써 채워진다는 말이야말로 사랑을 해석하는 열쇠가 아닐까. 내가 아니라 상대방을 먼저 생각한다는 것. "춥다, 부디 아프지 마라."(「겨울편지」) 이렇게 그대를 내 마음에 먼저 두는 것. 내가 아니라 그대의 입으로 말을 하는 것. 상대방을 통해 나의 말을 한다는 것은 말과 행동의 구체적 일치를 표방한다. 이동식 시집 표제로 삼은 「입맞춤」은 그런 의미에서 중요한 진술이다.

아시나요.
내가 그대에게
입맞춤을 하는 것은
그대의 입으로 살겠다는
약속이란 것을.

내가 그대에게
뜨거운 입맞춤을 하는 것은
내가 하고 싶은 말을 접고
그대가 하고 싶은 말을,
내가 그대에게 듣고 싶은 말을,
그대에게 먼저 하며 살아가겠다는

내 입을 가지고
그대 입으로 살겠다는
약속이란 것을.

아시나요.
그대는.
　　　　　　　—「입맞춤」 전문

　「입맞춤」은 다른 두 개체가 어떻게 하나의 소리를 낼 수 있는
지 명확하게 보여준다. "내 입을 가지고/ 그대 입으로 살겠다는/
약속"은 화자로서의 시인이 고백할 수 있는 최고의 연서가 아닐

까?

"입맞춤"은 단호한 상징이다. 입술의 접촉이라는 물리적 현상을 넘어 "내가" 아니라 온전히 "그대"로 살겠다는 "약속"이다. 이 약속을 지키기 위해 헤쳐 나가야 할 세상이 만만치 않다는 것을 시인도 잘 알고 있을 것이다. 그럼에도 불구하고 "약속"이라 단언한 까닭은 풍파에 흔들리지 않겠다는 스스로의 결심이기도 하다. 결국 이런 행위는 마음에 마음을 포갠다는 것이며, 그것 또한 "나"는 "그대"의 마음으로 살겠다는 고백인 셈이다.

이쯤에서 나와 그대의 거리에 대해 살펴볼 필요가 있다. 입맞춤이 지닌 거리가 밀착이라면, 어떤 갈등 혹은 사건으로 발생한 거리는 분리이다. 의도했든 의도하지 않았든 생긴 거리는 사랑이 발생한 처음과는 차이가 있다. 그것을 어떻게 극복하는가? 그리고 그것은 또 어떤 모습의 사랑으로 표출되는가?

> 기다림은
> 스스로 피어 흔들리는 들꽃처럼
> 올 것을 약속하지 않고서도
> 누군가를 위해 있어 주는 것입니다.
> ─「기다림」 부분

시인은 "기다리는 게 사랑"이라고 말하고 있다. 기다림은 온전한 사랑을 만나기 위한 과정이며 동시에 변하지 않는다는 약속이다. 또 "나를 위하여 존재하기보다는/ 기다리는 사람을 위하여 존재하는"(「기다림」) 모습은 상대에 대한 믿음이고 나에 대한 믿음이며, 편협한 사랑이 아니라 시인이 세상을 사랑하는 방식이다. "그리운 사람 그리운 날엔/ 초록빛 휘파람을 불자"(「초록빛 휘파람」)는 말처럼 삶의 슬픔과 고통을 극복하는 방법은 쉽게 체득할 수 있는 것이 아니다. 이런 시간을 거쳐 "겨울을 몰아내고/ 어둠을 걷어내고" "멈춤 없이/ 꽃에게로"(「운명」) 날아가는 나비의 모습을 찾아낼 수 있다. 운명적인 만남이라고 차마 말하지 못한 심정은 자주 초록빛 휘파람으로 흘러나온다. 그러나 운명이라고 말한다는 것은 행동하는 사랑을 표방하는 시인의 가치와 충돌한다. 사랑이란 관념이 아니라 구체적인 모습을 지닐 때 비로소 갈등을 해소할 수 있는 힘을 지닌다. 삶의 굴곡은 고저에 따라 전혀 다르게 나타나는데 그것은 사랑에서도 마찬가지이기 때문이다.

사는 일이 허무한 일이라 하여도
한 가지만은 허무한 일이 아니게 하여 주십시오
사랑하는 사람을 사랑하는 일만큼은
허무한 일이 아니게 하여 주십시오

작아지고 작아져서
이제 사라져 버린 꿈과 희망으로 하여
남겨진 인생에 더 바랄 것이 없다 해도
시들어 버리기엔 너무 이른 사랑이
아직 내게 남아 있다는 것을 잊지 않게 하여 주십시오.

그리하여 모든 것이 떠나버려
삶의 의욕마저 잃어버렸다 해도
사랑하는 사람을 사랑하는 일에서 만큼은
의욕을 잃지 않게 하여 주십시오.

그리하여 세상은 사랑만 있으면,
충분히 행복해질 수 있다는 것을 알게 해주십시오.
충분히 행복하게 살아갈 수 있다는 것을 알게 해주십시오.
　　ー「사랑을 위한 기도」전문

　행복의 최우선 가치를 "사랑"에 두는 시인의 모습을 존중하기로 한다. 그 까닭은 시집 전반을 꿰뚫는 노선과 맞닿아 있기 때문이다. 흔들림 없이 자신의 감정을 지속할 수 있다는 것은 마땅히 유용하다.

　그러므로 사랑이란, 강한 빛이 투과할 때 예기치 않게 발생한 렌즈 플레어에 빠져드는 일이면서 동시에 그것을 극복하는 일이기도 하다. 사랑 "한 가지만은 허무한 일이 아니"었으면, 사랑하는 일만큼은 잃지 않았으면 하는 마음은, 그 대상이 특정한 그대이거나 불특정한 세상의 사람이라 할지라도 사랑의 근본적인 가치가 달라지지 않는다는 것을 뜻한다.

　'삶이 힘듦을 느끼는 친구에게'라는 부제를 달고 있는「하늘」을 통해 앞에서 언급했던 '그대'의 시점을 이제 구속하지 않고 풀어줘야 할 때라고 말하고 싶다. 때론 연인이며 때론 친구이며 때론 동반자의 위치에서 사랑을 언급하는 시인의 목소리를 하나의 맥락에서 살펴보는 과정에서 놓치지 말아야 할 것은 희망이다. 「우리 물처럼 흘러서 가자」, 「하늘」 등의 시편이 말하고 있는 사랑에서 우리는 소유가 아닌 자유를 엿볼 수 있는 것이다.

> 친구야
> 길을 가다 지치면 하늘을 보아.
> 하늘은 바라보라고 있는 거야.
> 사는 일은 무엇보다 힘든 일이니까
> 살다 보면 지치기도 하겠지만
> 그러더라도 그러더라도
> 체념해 고개를 떨구지 말라고
> 희망마저 포기해
> 웃음마저 잃지 말라고
> 하늘은 저리 높은 곳에 있는 거야.
> 정녕 주저앉고 싶을 정도의
> 절망의 무게가
> 몸과 마음을 짓눌러 와도
> 용기를 잃지 말고 살라고
> 신념을 잃지 말고 살라고
> 하늘은 저리 높은 곳에서
> 우릴 내려다보고 있는 거야.
>
> 친구야
> 어느 때이고

삶이 힘듦을 느끼는 날엔

하늘을 보아.

그리곤 씨익 하고 한번 웃어 보려무나.

— 「하늘 —삶이 힘듦을 느끼는 친구에게」 전문

한 권의 시집에 가득 채운 뜨거운 것들을 읽어내는 일은 크게 어렵지 않다. 그러나 시인이 담고자 하는 진솔한 색깔은 언어의 중과를 떠나 세밀하게 더듬어볼 일이다.

로버트 스턴버그Robert Sternber는 사랑의 삼각형 이론trian-gular theory of love에서 사랑은 친밀감, 열정, 결심/헌신이라는 세 요소로 구성되어 있으며, 세 요소의 균형 상태에 따라 다양한 형태의 사랑을 설명할 수 있다고 말한다.

무엇의 과잉이나 무엇의 결핍이 아니라 세 요소가 골고루 균형을 이뤄 발달했을 때 성숙한 사랑에 이를 수 있다는 말은, 이동식 시집 『입맞춤』이 지향하고 있는 사랑과 일면 같은 노선을 두고 있다고 말할 수 있다. 하지만 여러 시편에서 보여준 비대칭의 관계가 긴장을 노출시키기도 하는데, 그러면 또 어떠한가. 사랑은 예측으로 다가오는 감정이 아니고 이론으로 해답을 얻는 과정도 아니니, 프리즘에서 분광된 규칙적인 빛보다 굴곡진 렌즈에서 튕겨져 나온 플레어처럼 불예측성에 기인한 현상이 더욱 매력적인 것은 어쩔 수 없다. 이런 난반사야 말로 시가 추구해야 할 사랑의 감정이 아니겠는가.

이동식 시집

입맞춤

발   행 2019년 3월 20일
지 은 이 이동식
펴 낸 이 반송림
편집디자인 김지호
펴 낸 곳 도서출판 지혜 • 계간시전문지 애지
기획위원 반경환 이형권 황정산
주   소 34624 대전광역시 동구 선화로 203-1, 2층 도서출판 지혜 (삼성동)
전   화 042-625-1140
팩   스 042-627-1140
전자우편 ejisarang@hanmail.net
애지카페 cafe.daum.net/ejiliterature

ISBN : 979-11-5728-318-7 03810
값 10,000원

이동식

이동식 시인은 경기 양평에서 출생했고 서울과학기술대학교 문예창작학과 3학
년 중퇴를 한 후에 경희사이버대 미디어문예창작학과에 편입해 졸업을 했다.
먼저 시집으로 독자들과 만나다가 계간 '미네르바'에 시가 추천되어 정식 등단
했다. 현재 미네르바문학회, 경희사이버문인회, 한국작가회의 회원으로 활동
하고 있다.

그간 출간한 작품으로는 『하나가 아닌 둘은 세상의 모든 것을 헤쳐 나가고도 남
을 넉넉한 힘을 가지고 있습니다』, 『새벽이 올 때쯤 나는 실종신고를 하고 싶다』,
『잊지 않고 기억한다는 것은 너에게 어떤 의미로 남겠다는 것』, 『살아가는 동안
에 그대만큼 그리운 사람 또 있을까요』, 『그리운 사람 보고 싶은 날엔』, 『오늘도
마음에』, 『이미 하나인 우리 더욱 하나가 되고 싶습니다』 등의 시집이 있고, 꽁트
집으로는 『마음이 마음을 만날 때』가 있다.

출판기획서로는 『가끔은 따뜻한 가슴이 되고 싶다』, 『내 삶을 바꿔주는 희망편
지』, 『그대 삶에서 한 가지』, 『무엇이 되든 행복한 사람이 되어라』, 『사람공부 인
생공부』, 『나는 힘을 내기로 했다』 등이 있다. 이동식 시인은 세 번의 공무원 시
험에 합격을 했지만, 시인으로 살기 위해 모두 사직하고 지금껏 시인의 삶을 살
아왔다. 또 이동식 시인은 중2때부터 고2때까지 학급실장을, 고3때는 학생회장
을 지냈을 정도로 지도력을 인정받았지만, 역시 시를 쓰며 살기 위해 지금까지
조용히 시인의 삶을 살아왔다. 시인으로 사는 것을 가장 행복하게 생각하는 그
는 현재 시인으로서 창작열을 계속 불태우고 있으며, 한편으론 출판기획자로 활
동하며 좋은 책을 내는데 최선을 다하는 인생을 살고 있다.

이메일 : pwp505@hanmail.net